Catherine May

IM KLEINEN SCHWARZEN

Erotische Erzählung

Crossdresser-Erzählungen
Band 3

Bibliographische Information der Deutschen Nationalbibliothek:
Die Deutsche Nationalbibliothek verzeichnet diese Publikation
in der Deutschen Nationalbibliografie. Detaillierte bibliografische
Daten sind im Internet unter http://dnb.dnb.de abrufbar.

© 2016 Catherine May
Herstellung und Verlag:
BoD – Books on Demand, Norderstedt

ISBN: 978-3-7412-7242-4

Erwischt

Alex gefiel, was er sah. Das war richtig heiß!

Es war schwer, zu sagen, was genau daran so heiß aussah. Stellte er sich so eine Frau vor? Oder gefielen ihm ganz einfach die Dessous? Er hatte sie gelegentlich an Eva gesehen und dann hatte der Abend unweigerlich in berauschendem Sex geendet. Aber das hier – das war etwas anderes.

Er drehte sich langsam vor dem Spiegel. Natürlich fehlten ihm die Rundungen, die schlanke Taille. Aber diese champagnerfarbenen Spitzen … es prickelte auf seiner Haut, es pulsierte in der zarten Seide in seinem Schritt.

In der Schublade mit der Wäsche hatte er doch ein in der Farbe genau passendes, seidenes Unterkleid gesehen. Wie sich das wohl anfühlte? Er nahm es heraus, befühlte es und streifte es vorsichtig über. Es legte sich überraschend eng an seine Haut an. Nun sah er aus wie ein schlankes, zierliches Mädchen in Seidendessous, fand er. Er ging ins Hohlkreuz, streckte aufreizend den Hintern heraus. Bezaubernd!

Und wie wäre es denn, wenn er dazu … er hatte doch irgendwo eine schmale Packung gesehen mit Nylonstrümpfen mit Spitzenbesatz … Er öffnete eine weitere Schublade. Darin lag ein ganzer Haufen von Strümpfen und Strumpfhosen aus diesem hauchdünnen, zarten, kaum spürbaren Gewebe. Wie sich das wohl auf der Haut anfühlte? Er nahm einen hellbraunen, kaum sichtbaren Strumpf in die Hand, befühlte ihn, hielt ihn an sein Bein, streichelte sich damit. Das fühlte sich geheimnisvoll, verheißungsvoll, aufregend an. Er konnte nicht wiederstehen, setzte sich auf die Bettkante und begann, den Strumpf in seiner Hand aufzuwickeln.

In diesem Augenblick hörte er, wie sich ein Schlüssel in der Haustür drehte. Er hörte, wie sich die Tür öffnete und die Absätze von Stöckelschuhen auf die harten Steinplatten im Flur hackten.

‚Eva!', schoss es ihm durch den Kopf und sämtliche Alarmglocken begannen wie verrückt zu schrillen. Er spürte, wie ihm das Blut aus dem Kopf entwich und er für einen Augenblick vollkommen gelähmt war. Er sah sich im Schlafzimmer um: überall standen Schubladen und Schranktüren offen, auf dem Bett lagen Dessous und einige Strümpfe und Strumpfhosen. Panisch packte er alles in die eine Schublade, schloss sie, schloss eine zweite, eine dritte. Anhand des Klackerns der Absätze auf den Steinplatten, dann dem Scharren der Sohlen auf den hölzernen Treppenstufen konnte er genau den Weg verfolgen, den Eva durch das Haus nahm. Sie hatte „ich bin zu Hause!" gerufen, gutgelaunt wohl angesichts der Tatsache, dass sie früher Feierabend hatte machen können als geplant. Und nun kam sie die Treppe herauf! Warum blieb sie nicht unten und trank erst einmal ein Glas Wasser? Das machte sie doch sonst immer!

Alex schaffte es nicht, alles zusammenzupacken und sämtliche Schranktüren zu schließen. Kurz bevor Eva ganz oben war, sprang er, fast taub vor Angst und noch immer mit Dessous und Unterkleid bekleidet, ins Bett und zog sich die Bettdecke bis unters Kinn. Er hoffte inständig darauf, dass sie weitergehen würde, beispielsweise in sein Arbeitszimmer, um ihn dort zu suchen.

Stattdessen öffnete sich die Schlafzimmertür und Eva kam herein. Wie immer, wenn sie aus der Firma kam, sah sie zum Anbeißen aus in ihrem engen Rock, der förmlichen Bluse und der Hochsteckfrisur. Sie war dezent, aber nicht unauffällig geschminkt und wurde von einem unverkennbaren Duft umweht, der ihr mit Sicherheit eine gute Verhandlungsposition verschaffte, wenn sie mit einem Mann feilschen musste. Aber Alex sah nur ihre strahlenden Augen, mit denen sie ins Zimmer trat.

Die Augen wurden noch größer, als sie sah, dass er im Bett lag, die Decke bis zum Kinn hochgezogen. Spontan wirkte er auf sie irgendwie leidend.

„Was ist mit dir, Schatz?", fragte sie mit gedämpfter Stimme. „Ist dir nicht gut?"

Alex versuchte seiner Stimme eine kränkelnde Note zu geben. „Migräne", hauchte er.

„Migräne?" Ihre Augen wurden noch größer. „Du?" Er sah ihr förmlich an, wie ihr Gehirn zu arbeiten begann. Sie hatte sofort gewittert, dass hier etwas nicht stimmte. Und Migräne war in der Tat eine denkbar blöde Erklärung, denn im Grunde kannte er Kopfschmerzen nur von anderen Menschen; und Migräne konnte er nicht einmal wirklich nachvollziehen. Er wusste nur, dass damit immer alles erklärt und niemals nachgefragt wurde. Einen von Migräne Befallenen ließ man am besten in Ruhe.

Auf ihrem Weg von der Tür zum Bett, wo sie sich offenbar zu ihm auf die Bettkante setzen wollte, fiel ihr Blick auf den Schrank und blieb für einen Augenblick an der nicht richtig geschlossenen Schublade hängen, aus der der Zipfel eines Nylonstrumpfs hervorsah. Dann entdeckte sie eines ihrer Höschen, das auf dem Boden vor der Kommode lag. Sie blieb stehen. Ihr Blick glitt langsam weiter, bis er schließlich auf Alex zur Ruhe kam. Doch Alex merkte, dass sie nicht wirklich ihn ansah. Sie schaute mehr … auf seine Schulter! Wieder spürte er das Blut in seinen Ohren rauschen. Wahrscheinlich war dort ein Träger des Unterkleids zu sehen, vielleicht sogar vom BH!

Eva trat langsam vollständig ans Bett heran. Sie beugte sich zögernd über ihren Ehemann und legte ihre Hand auf die Bettdecke. Plötzlich griff sie zu und zog sie mit einem Ruck weg.

Ihr Gesicht erstarrte. Alex, der panisch versuchte, die Decke wieder zu fassen und sie über sich auszubreiten, sah, wie sich blankes Entsetzen über ihrem ganzen Körper ausbreitete. Sie spreizte die Finger, ließ die Bettdecke los und richtete sich auf, bis sie ganz steif dastand. Sie legte ihre Hände in ihre Taille. So stand sie über ihm, schloss langsam ihren Mund und starrte ihn an.

„Was …?"

Sie versuchte sichtlich, sich zu sammeln, Ordnung in ihre sich chaotisch gebärdenden Gedanken zu bringen. Alex rührte sich nicht. Für ihn brach gerade die ganze Welt unter ihm und um ihn herum zusammen. ‚Jetzt ist alles aus!', dachte er, mehr in einem diffusen Gefühl der Verzweiflung als in einem grammatikalisch korrekten Satz. ‚Jetzt ist alles aus!'

Eva fasste sich ganz langsam. „Was … machst du da?" Es war ihr anzuhören, dass sie um jedes einzelne Wort rang. Sie griff noch einmal nach der Bettdecke. Offenbar konnte sie nicht glauben, dass sie wirklich gesehen hatte, was sie gesehen hatte. Doch nun hielt Alex die Bettdecke fest.

„Warum … trägst du … meine Wäsche?" Wieder sah sie ihm nicht direkt ins Gesicht und Alex merkte, dass seine Schulter schon wieder frei lag. Tatsächlich war dort deutlich neben dem Träger des Unterkleids einer der Träger ihres Spitzen-BHs zu erkennen. Er zog die Bettdecke noch höher, auch wenn er genau wusste, dass das nichts mehr nutzte. Es war heraus, sie hatte es gesehen. Und nun würde sie nicht mehr lockerlassen, bis sie zufrieden war oder …

„Ich … weiß nicht", stammelte er, „ich wollte nur mal …"

Sein Gehirn erwies sich als vollkommen leer. Da war absolut nichts, was er hätte sagen können. Dabei rasten nun die Gedanken. Was sollte er sagen? Was war geschickt zu sagen? Wie würde er sie täuschen können über das, was er getan hatte? Welche Erklärung könnte auch nur halbwegs plausibel klingen?

„Ich wollte nur …"

Eva sah ihn mit großen Augen an und wartete. Alex konnte deutlich sehen, dass sie Angst hatte.

„Du wolltest nur mal – was?"

„Ich wollte …"

Eva beugte sich wieder vor, ergriff die Bettdecke und riss sie mit einer kraftvollen Bewegung weg.

„Du wolltest?", schrie sie nun fast, „du wolltest? Was wolltest du, zum Teufel?"

Je mehr sie schrie, desto unfähiger wurde Alex, seine Gedanken zu ordnen. So blieb er stumm, als sie ihn nun wieder fragend anstarrte, während er in ihren Dessous auf dem Bett vor ihr lag und keine Möglichkeit hatte, seine peinliche Blöße zu bedecken. Unglaublich, wie sehr er sich schämte!

Ihr Blick wanderte erneut von seinem Gesicht hinab zum Unterkleid. Vorsichtig streckte sie die Hand aus. Mit spitzen Fingern erfühlte sie den Spitzen-BH, dann das Höschen. Sie hob den unteren Saum des Unterkleids an, so dass sie den Slip sehen konnte. Ihr Blick verweilte einen Augenblick darauf und kehrte dann ruckartig zu seinem Gesicht zurück.

„Sag' endlich etwas!", fuhr sie ihn an. Nun hatte ihre Stimme einen unverkennbar bedrohlichen Unterton. „Erklär' es mir, verdammt! Was machst du da in meiner Wäsche?" Bei der letzten Frage betonte sie jedes Wort einzeln. „Das ist doch meine Wäsche, oder willst du das bestreiten? Und noch dazu meine allerbeste!"

Sie sah ihn kampflustig an. „Warum zum Henker trägst du meine Unterwäsche?" Nun sprach sie mit ihm, wie man mit einem Schwachsinnigen oder Begriffsstutzigen sprechen würde, langsam und übertrieben prononciert.

Ganz allmählich fasste Alex sich. Er musste irgendetwas tun, das hatte er begriffen. Von allein würde diese Situation nicht zu einem Ende finden.

„Ich wollte nur mal … ich fand, deine Sachen … sahen so toll aus, da wollte ich … einmal … ich wollte wissen, wie sie sich anfühlen."

„Du weißt, wie sie sich anfühlen! Du hast sie immerhin schon einigemale berührt, nämlich wenn ich sie getragen habe!"

„Ja, aber … da … habe ich mich ja immer auf etwas anderes konzentriert."

Alex fand, dass das eigentlich nicht schlecht formuliert war. Wenn er ihr nun noch ein Kompliment machte, vielleicht war dann die Situation gerettet.

„So ein Quatsch!" Eva kreuzte entschieden die Arme vor ihrer Brust. Sie schien sich absolut sicher zu sein. „Wenn du hättest fühlen wollen, wie sie sich anfühlen, hättest du sie nicht anziehen müssen!"

„Ja, aber …" Alex war enttäuscht, suchte weiter – doch er fand nichts, und verstummte wieder.

Eva ließ nicht locker. „Aber?" Wieder meinte er, neben aller Wut auch Angst, ja Panik in ihr aufsteigen zu sehen. Als er auch jetzt nichts sagte, bohrte sie weiter. „Du wolltest sie mal anziehen – warum?"

„Weil …"

Erneut trat eine gespannte Pause ein.

„Ich kann nicht verstehen," nahm sie nach einiger Zeit selbst den Faden wieder auf, „warum du sie unbedingt anziehen musstest, BH" – sie sah wiederum an ihm hinunter – „und Höschen und Unterkleid, und dazu noch alles zueinander passend. Das hat doch mehr etwas von Sich-Verkleiden. Wie nennt man das? Crossdressing? Und offensichtlich hast du doch nicht nur in der Schublade mit meiner Wäsche gewühlt, oder?" Sie sah sich im Zimmer um, sah die nur halb geschlossene Schranktür. „Hast du etwa auch Kleider von mir anprobiert?" Sie blickte ihn wieder feindselig an, und bei dem Gedanken, den Bildern, die offenbar nun auf ihrer inneren Leinwand abliefen, wurden ihre Augen noch größer. Es schien, als wenn ihr ganz langsam ein Licht aufgehen würde.

„Nein!" Nun wehrte Alex sich entschiedener. „Ich habe kein Kleid von dir angehabt!"

„Heute, vielleicht. Und gestern? Oder sonst, wenn ich den ganzen Tag nicht da bin? Bist du …"

Gerade war ihr offenbar ein erschreckender Gedanke gekommen, aber sie scheute sich, das Wort auszusprechen.

Und wieder sagte Alex nichts. Er wollte nicht schon wieder lügen. Irgendwie fand er, dass Lügen alles nur noch schlimmer machen würde. Andererseits spürte er, dass sein Schweigen Evas Panik nur vergrößerte.

Sie sah ihn an, gab sich erneut einen Ruck. „Bist du etwa …" Wieder stockte sie. „Bist du etwa s c h w u l ?!?"

„Nein!!!" Jetzt widersprach Alex energisch. „Ich bin nicht schwul! Wie …? Nein, ich liebe und begehre dich! D i c h, u n d n u r d i c h!"

„Aber warum trägst du dann meine Wäsche?" Wieder war ihr anzusehen, wie es in ihrem Kopf arbeitete. Offensichtlich spielte sie die anderen Möglichkeiten durch. Warum konnte ein Mann Frauenkleider tragen wollen?

„Ich …" Alex stockte. Er konnte es wirklich nicht sagen. „Ich weiß nicht recht", sagte er schließlich. „Es hat mich irgendwie … überwältigt. Es war eher eine Art Unfall, glaube ich."

„Wärest du gern eine Frau?"

„Eine Frau – ich?!?" Alex kam diese Vorstellung so absurd vor, dass er sich darüber tatsächlich noch keine Gedanken gemacht hatte. Aber auch jetzt, da er darüber nachdachte, glaubte er nicht, dass es darauf hinauslief, dass er sein Geschlecht wechseln wollte.

Er hatte einen männlichen, durchtrainierten Körper. Er arbeitete zwar hauptsächlich mit dem Kopf, aber das hatte er dadurch kompensiert, dass er sich gefährliche Extremsportarten ausgesucht hatte, denen er nachging, so oft es möglich war. Zweimal in der Woche spielte er außerdem Football und er war wegen seiner Kraft und Aggressivität ein gefürchteter Gegner. Andererseits spürte er, dass Evas Frage etwas in ihm ausgelöst hatte, das ihn überraschte. Das konnte eigentlich nicht sein …

Eva setzte sich auf die Bettkante. Sie beobachtete ihn, verfolgte, wie es hinter seinen Augen arbeitete. Plötzlich streckte sie sich und legte ihre Hand auf seinen Bauch. Alex spürte die Wärme dieser Hand und augenblicklich fühlte er, wie es zwischen seinen Beinen warm wurde.

Eva schob ihre Hand unter das Unterkleid und ließ sie langsam in Richtung des Höschens wandern. Dabei sah sie ihm tief in die Augen. „Sag'," beharrte sie wiederum und fesselte seinen Blick mit dem ihren, „**wärst du gern eine Frau?**"

Diesmal war Alex so irritiert, dass er nicht sofort antworten konnte. Er sah sie an, doch unter ihrem konzentrierten, forschenden Blick konnte er keinen klaren Gedanken fassen. „Ich …" Wieder begann er zu stottern. „Ich glaube nicht", sagte er dann zögernd, „ich meine, ich kann es mir nicht vorstellen."

Für einen Augenblick hatte Eva innegehalten, ihre Hand war nicht weiter gewandert. Nun aber glitt sie weiter.

„Aber du bist dir nicht sicher?"

Wieder ließ Alex sich Zeit. „Ich … ich glaube schon", kam es dann unbestimmt und er hatte den Eindruck, dass das viel vorsichtiger klang, als er es eigentlich beabsichtigt hatte.

Nun hatte Evas Hand den Rand des Spitzenslips erreicht. Sie hob ihn an und fuhr langsam darunter. Sie kraulte kurz in dem buschigen Schamhaar und fuhr dann weiter Richtung Süden.

Alex stockte der Atem. Was tat Eva da? Sie machte nicht den Eindruck, als wenn ihre Angst sie vollkommen verlassen hätte. Sie lächelte nicht und blickte auch nicht ansatzweise genießerisch. Eher sah sie konzentriert aus, wie eine Forscherin bei einem Experiment, dessen Verlauf und Ende nicht absehbar war.

Da spürte er ihre Hand an seiner empfindlichsten Stelle. Er fühlte die langen Fingernägel, spürte, wie die Finger Druck ausübten und dann in Bewegung gerieten. Er konnte verfolgen, wie er sich versteifte. Evas Blick blieb auf seinem Gesicht, als beobachtete sie ihn weiterhin mit sachlichem Interesse.

Alex schloss für einen Moment die Augen, atmete tief durch. Seine Gedanken schossen ins Leere, er verstand einfach nicht, was hier geschah. Für einen Augenblick stand das Wort ‚Abschied' vor seinem inneren Auge – manches passte zu diesem Eindruck, anderes nicht.

„Eva, was ..." Er hatte die Augen wieder geöffnet, sah Eva unverändert neben sich sitzen und fühlte ihre Hand, wie sie rhythmisch auf und nieder fuhr. Sie schien ganz genau zu wissen, was sie tat. Sie wusste, wie es ging, den Mann mit der Hand zum Höhepunkt zu treiben, und offensichtlich verfolgte sie eine ganz bestimmte Absicht: vom Ausgang des Experiments hing augenscheinlich Einiges ab.

Er wusste nicht, ob er sich wehren oder sich einfach ihrer Hand überlassen sollte. Doch konnte er es ohnehin nicht mehr aufhalten, das fühlte er. Sie hatte ihn schon zu weit gereizt – er würde kommen, das wusste er, nur wusste er nicht, was die Konsequenz davon sein, was dann geschehen würde.

Es ging überraschend schnell. Als er kam, hob Eva den Rand des Höschens an und schob das Unterkleid über seine Brust hinauf, so dass sich das Sperma über seinen Bauch ergoss. Eva pumpte ein wenig, dann hielt sie still. Ihre Augen ruhten nun auf seinem Bauch. Dann sah sie ihm wiederum ins Gesicht.

„Wie war das?", fragte sie und wieder hatte Alex den Eindruck einer Wissenschaftlerin bei der Feldforschung. ‚Experiment am lebenden Objekt'.

„Gut", flüsterte er.

„Willst du darauf verzichten?", fragte sie und sah ihn nun eindringlich an wie ein Inquisitor.

Alex schüttelte den Kopf.

„Heißt das, dass du deinen Schwanz behalten willst?"

Nun war es an Alex, die Augen aufzureißen. „Ja!", antwortete er überzeugt, „natürlich! Auf jeden Fall!"

„Aber wenn du doch vielleicht eine Frau werden willst …"

„Aber das will ich doch gar nicht!"

„Wie kannst du das wissen! Gerade hast du noch gesagt, du wüsstest es nicht."

Alex schwieg.

„Und wenn du es nicht weißt, kann das sowohl das eine wie das andere heißen, oder nicht? Vielleicht willst du eine Frau werden. Die Frage ist nur, mit Allem, was dazu gehört, oder nur mit fast Allem." Dabei legte sie eine Hand auf jene Stelle, an der eine Frau ihren Busen hatte.

Nun wusste Alex, worauf Eva hinaus wollte. Er nickte. Dann sagte er langsam: „Selbst wenn sich herausstellen würde, dass ich eine Frau werden möchte, würde ich trotzdem nicht auf meinen Schwanz verzichten wollen! Das" – Alex wies mit einem Finger auf das Sperma auf seinem Bauch – „soll uns in jedem Fall erhalten bleiben, dir und mir!"

Eva nickte. Dann sprach sie ebenso langsam, wie Alex es soeben getan hatte. „Wenn du mir das versprichst; ich meine: wenn du mir versprichst, dass du dich niemals, unter keinen Umständen, von deinem Schwanz trennen wirst" – sie machte eine bedeutungsschwere Pause – „wenn also zumindest dieser Teil von meinem Ehemann erhalten wird" – noch einmal machte sie eine Pause und sah Alex eindringlich an – „dann werde ich dir helfen."

Alex traute seinen Ohren nicht. Gerade noch hatte für ihn die Welt zusammenzubrechen gedroht; eben erst hatte seine Frau ihn dabei erwischt, wie er ihre Wäsche trug, und hatte sich vorgestellt, was er möglicherweise sonst schon alles getrieben hatte; und nun sagte sie, dass sie ihm helfen wollte!

„Allerdings habe ich eine Bedingung – nein zwei – nein drei!"

Alex sah sie gespannt an.

„Erstens: Keine Heimlichkeiten. Du darfst nichts vor mir verbergen! Wenn ich den Eindruck habe, dass Du ein Doppelleben zu führen beginnst, werde ich dich sofort verlassen!" Sie sah ihn herausfordernd an. „Oder ich schmeiße dich raus und werfe dir den Koffer mit deinen Frauenkleidern hinterher – und nur diesen!"

Alex nickte. „In Ordnung", sagte er, „versprochen." Zugleich konnte er nicht glauben, was er da versprach – aber er war fest entschlossen, dieses Versprechen zu halten.

„Zweitens: Du wirst alles tun – und gegebenenfalls lassen –, was ich dir sage! Und damit meine ich wirklich: Alles!"

Alex nickte wieder. Sie würde schon nicht von ihm verlangen, dass er sich sein bestes Stück abschneidet oder sich in Frauenkleidern in die Fußgängerzone stellt und Männer anmacht. „Versprochen."

„Und drittens: Schluss mit Football und all deinen Versuchen, dich auf legale Weise selbst umzubringen! Keine selbst zugefügten Verletzungen durch Sport mehr, keine Brutalität – kein Bier, keine Machosprüche, keine Kneipenabende mit deinen so genannten Freunden." Nun sah sie ihn geradezu amüsiert an. Und als sie sein Erstaunen erkannte, fügte sie noch hinzu: „Das wird mit lackierten Fingernägeln sowieso kein Vergnügen sein, nehme ich an." Sie lachte kurz auf. „Wir werden stattdessen Freundinnen für dich finden, mit denen du dich ausgiebig über Schuhe, Maniküre, Frisuren und den ‚Mädelsabend' bei Sixx unterhalten kannst!" Eva lachte wieder und sah ihn dann gespannt an. „Und?"

Wieder nickte Alex, diesmal einen Hauch langsamer als zuvor. Das erschien ihm etwas radikaler, als er es sich vorgestellt hatte. Er sollte seine Freunde aufgeben. Endgültig? Wahrscheinlich meinte sie, nur für die Dauer des Experiments, also ein paar Tage. „Gut", sagte er dann, „versprochen." Er würde sich etwas überlegen, wie er ihnen die vorübergehende Funkstille erklärte.

Eva sah ihn wiederum versonnen an. Dann strich sie mit ihrem Zeige- und dem Mittelfinger durch das Sperma auf seinem Bauch. Sie nahm einiges davon auf und führte dann ihre Finger langsam an Alex' geschlossenen Mund.

„Komm", flüsterte sie, „mach den Mund auf, meine Süße!" Sie beobachtete, wie Alex irritiert zögerte. „Wenn du ein richtiges Mädchen sein willst, dann solltest du wissen, wie das schmeckt!"

Alex zögerte noch immer. Das war … Das ging dann nun doch etwas …

„Du hast es versprochen!", flüsterte Eva wiederum und verstrich etwas von dem Sperma auf seinen Lippen. „Mach deinen Mund auf, Liebes!"

Als er begriff, dass Eva keinen Scherz machte, dass sie vielmehr wirklich wollte, um was sie ihn bat, öffnete er langsam seine Lippen, und Eva ließ ihre in seinem Sperma getränkten Finger in seinen Mund gleiten. Für einen Augenblick meinte Alex, würgen zu müssen angesichts des salzigen Geschmacks den er auf seiner Zunge spürte. Dann musste er schlucken und der seltsame Geschmack setzt sich in seinem Rachen fest. Doch er beherrschte sich. Was hatte sie gesagt: ‚Wenn du ein richtiges Mädchen werden willst …' – ‚Meine Güte!', schoss es ihm plötzlich durch den Kopf, ‚was geschieht hier? Habe ich all das wirklich versprochen?'

Erste Schritte

Eva zog ihre Finger aus seinem Mund. Dann steckte sie ihn in ihren eigenen Mund und lutschte daran, während sie Alex mit verführerischem Augenaufschlag anlächelte. Dann streckte sie sich und hob die freie Hand über ihren Kopf, so dass Alex ihre makellose Achselhöhle zu sehen bekam. Für einen Augenblick schloss sie die Augen. Unübersehbar überlief sie ein Schauer.

Als sie ausgiebig ihre Finger abgelutscht hatte und der Schauer abgeklungen war, stand sie vom Bettrand auf und begann damit, sich auszuziehen. Zuerst ließ sie ihren Rock fallen. Alex sah auf ihre wunderschönen, makellosen Beine. Eva trug kaum sichtbare Nylonstrümpfe, die an einem passenden Strapsgürtel befestigt waren. Sie waren schlichter als die, die er vor ein paar Minuten beinahe selbst angezogen hatte, aber die Strapse wirkten zugleich noch heißer. An ihr sahen sie geradezu sündhaft verführerisch aus! Das schlichte, mit Rosenmotiven bestickte Höschen passte perfekt dazu. Es war ihm ein Rätsel, wie sie so ins Büro gehen und trotzdem etwas schaffen konnte.

Eva stellte ein Bein vor das andere, knickte in der Hüfte leicht ein. Ein Knie kam vor das andere, die Silhouette war atemberaubend. Alex fühlte sich im siebten Himmel. Wie wunderschön Eva war!

Nun streifte sie langsam ihre Bluse ab und ließ auch diese auf den Boden fallen. Dann öffnete sie den Verschluss des BHs auf ihrem Rücken. Langsam glitt er von ihren Brüsten hinab. Sie schwang ihn einmal verspielt um sich selbst und ließ ihn dann auf die Bluse hinabgleiten. Schließlich streifte sie auch ihr Höschen ab; als es nur noch an einem ihrer Zehen hing, kickte sie es Alex ins Gesicht.

„Gefällt dir das?", hörte er Eva wie aus weiter Ferne leise fragen. Er nickte stumm.

„Wenn du ein richtiges Mädchen werden willst", fuhr sie fort, „dann wirst du dich genauso pflegen müssen wie ich. Ich will, dass deine Haut genauso glatt und weich wird wie meine!", fügte sie dann bestimmter hinzu, vielleicht weil sie mit Widerstand rechnete.

Nun stemmte sie die Arme in die Hüfte und musterte aufmerksam seinen ganzen Körper. „Du weißt es vielleicht noch nicht", sagte sie nach eingehender Betrachtung, „aber für ein Mädchen ist es eine Schande, so schöne Wäsche zu tragen an einem so ungepflegten Körper. All diese Haare – pfui! Die müssen zu allererst herunter! Und zwar bis zum letzten, verstehst du? Bis auf Kopfhaare und einen Teil der Augenbrauen müssen alle ab – auch die auf den Armen und an Händen und Füßen!" Sie fuhr mit den Fingern über seine Unterarme, auf denen ein deutlicher Flaum schwarzer Haare zu sehen war. „Die müssen wirklich alle ab! Komm mal mit!"

Sie wandte sich um und betrat das Bad.

Alex erhob sich vom Bett, streifte schnell das Unterkleid und den BH ab und wollte sich auch den Slip ausziehen, als er Eva aus dem Bad rufen hörte: „Was machst du da?"

„Ich dachte …" begann Alex, doch Eva unterbrach ihn: „Von nun an ist andere als Mädchen-Unterwäsche tabu, hörst du?"

„Aber …"

„Du hast es versprochen. Und wenn ich dir helfen soll, dann nur zu meinen Bedingungen. Und die lauten: ‚Ganz oder gar nicht!' Entweder machen wir es richtig oder gar nicht! Verstanden?"

Alex wunderte sich über diesen ungewohnten, entschiedenen Ton. Aber ohne weiter zu diskutieren, zog er den Slip, den er schon halb auf den Knien gehabt hatte, wieder hoch und betrat so das Bad.

„Es gibt verschiedene Möglichkeiten, sich von den lästigen Haaren zu befreien", erklärte Eva, während sie in ihrem Kosmetikschrank kramte. „In deinem Fall schlage ich Enthaarungscreme vor …"

„Aber …"

„Dass ich sage, ‚ich schlage vor', heißt nicht, dass wir darüber diskutieren könnten. Es ist die beste Möglichkeit, Punkt. Es sei denn, du möchtest lieber epilieren. Aber dafür müssten wir erst ein Gerät kaufen."

Eva sah ihn skeptisch an, doch Alex kannte das Wort nur im Zusammenhang mit Schmerzen und Opfern, die Frauen bringen, wenn sie nicht ganz zurechnungsfähig sind.

„Also." Eva kehrte zur Tagesordnung zurück und reichte ihm eine Tube.

„Dusch dich kurz ab. Dann trägst du diese Creme auf deinem ganzen Körper auf, überall dort, wo Haare sind oder welche sein könnten – vergiss nicht die Rückseite deiner Beine! Sei besonders sorgfältig in deinem Schritt. Trag es auch auf die Arme auf. Und dann musst du warten. Da Männerhaare widerstandsfähiger sind als Frauenhaare, würde ich zwanzig Minuten vorschlagen. Ich werde mich in der Zwischenzeit um dein Outfit kümmern, okay?"

Alex nickte.

Eva lächelte. „War eh eine rhetorische Frage. Also: Fang an!"

Alex nahm die Tube entgegen, streifte den Slip ab und stieg in die Dusche. Er duschte sich kurz ab und begann dann, sich sorgfältig überall einzucremen. Die Creme roch überraschend chemisch, gar nicht so, wie er sich eine Creme für Frauen vorgestellt hatte.

Als er sich vollständig eingecremt hatte, setzte er sich auf den Rand der Badewanne. Nun hatte er zwanzig Minuten Zeit, um nachzudenken.

Und schon war er in seinen Gedanken versunken.

Er stellte fest, dass er nicht wirklich glauben konnte, was da gerade vor sich ging. Er hatte Evas Dessous getragen; das war nicht das erste Mal gewesen, aber dieses Mal wäre er beinahe weiter gegangen als zuvor. Er hatte die Strümpfe schon in der Hand gehabt. Dann hatte Eva ihn erwischt – und nun hatte sie die Führung übernommen und er war dabei, sich in ein ‚Mädchen' zu verwandeln, wie Eva sich ausdrückte, jedenfalls soweit das mit äußeren Mitteln möglich war. Denn er wurde ja kein Mädchen, Eva wollte ihn nur stylen wie ein Mädchen. Eva? Hatte er nicht selbst gesagt, dass er nicht wüsste … da hatte er sich aber irgendwie unter Druck gesetzt gefühlt. Eva hatte ihn gedrängt, etwas auf den Punkt zu bringen, was er gar nicht auf einen Punkt hatte bringen wollen. Eva hatte ihn irgendwie … manipuliert, er hatte sich von diesem seltsamen, unbekannten Ton einschüchtern lassen. Da entdeckte er etwas an ihr, das er bisher nicht gekannt hatte. Sie konnte sehr bestimmend sein, konnte Druck ausüben. Irgendwie hatte sie die Kontrolle übernommen, und seither geriet ihm alles aus den Händen. Jetzt, da er darüber nachdachte, fühlte er das deutlich.

Sie hatte angeboten, im zu ‚helfen', doch nun schien sie das Szepter in die Hand genommen zu haben.

Alex musste grinsen, als ihm der Doppelsinn dieser Formulierung aufging. Aber es stimmte ja – in beiderlei Wortsinn: sie hatte das Szepter in die Hand genommen und seither lief etwas ganz anders, als er es bisher aus ihrer Ehe kannte.

Da erinnerte er sich plötzlich an eine alte Zigarrenkiste, die Eva irgendwo aufbewahrte und die sie stets verschlossen und ‚versteckt' hielt. Ein einziges Mal hatte er einen Blick hinein werfen können, als die Kiste während ihres Umzugs in ihr eigenes Haus auf den Boden gefallen und aufgegangen war. Eva war am anderen Ende des Flurs gewesen und bis sie die Kiste aufheben konnte, hatte Alex – ohne sie anzufassen – Fotos gesehen …

Eva in Lederoutfits, die ihm den Atem stocken ließen.

Auf einem Bild trug sie eine Peitsche in der Hand, auf einem anderen legte sie jemandem, der offensichtlich ziemlich unbekleidet war, Handschellen an; ob es sich um Männlein oder Weiblein handelte, hatte er auf dem Foto nicht erkennen können – Alex hätte allerdings eher auf ein Mädchen getippt.

Auf wieder einem anderen Bild trug Eva lederne Overkneestiefel, einen ebenfalls ledernen Stringtanga, etwas, das Alex für eine Neunschwänzige Katze hielt – und sonst nichts!

Allerdings – und das hatte Alex bisher beharrlich aus seinem Gedächtnis zu verdrängen versucht – war der lederne Stringtanga nicht bloß ein lederner Stringtanga gewesen, daran hatte sich vielmehr ein ausgewachsener, erigierter Penis befunden! Der Tanga war in Wirklichkeit ein Strapon gewesen, ein Umschnalldildo!

Als Eva die Kiste erreicht und den Deckel hastig wieder geschlossen hatte, hatte sie ihn verlegen angelächelt und etwas von ‚Fasching' gemurmelt. Damals hatte er sich nicht weiter darum gekümmert, es war lediglich das leise Bedauern geblieben, dass er bei diesem ‚Fasching' nicht dabei gewesen war.

Die wunderschöne Eva mit einem Umschnalldildo und in Overkneestiefeln! Atemberaubend!

Warum kamen ihm gerade jetzt diese Erinnerungen? Nur weil ihr Ton plötzlich etwas so Autoritäres gehabt hatte? Fast etwas Herrisches? Weil er eine Dominanz an ihr gespürt hatte, die er bisher noch nie bemerkt hatte?

Dabei passte sie irgendwie auch zu ihr. Eva war nicht nur die schöne und intelligente, zurückhaltende und höfliche Frau, als die sie sich gewöhnlich präsentierte. Sie hatte noch eine andere, verborgene Seite an sich, die ihm bisher nur einige wenige Male zu Bewusstsein gekommen und bisher ein vollkommenes Geheimnis geblieben war. Bisher hatte er kaum sagen können, ob es sich bei den Fotos wirklich nur um einen Faschingsscherz gehandelt hatte oder ob nicht doch mehr dahintersteckte. Schließlich war einiges möglich in der Freiheit des Studentenlebens – wer weiß, was Eva alles ausprobiert hatte.

Plötzlich stand Eva neben ihm vor der Badewanne. Sie trug noch immer die Strümpfe und war ansonsten nackt. Sie schaute von oben auf ihn hinunter.

„Die zwanzig Minuten sind um, du kannst jetzt unter die Dusche gehen. Spül die Creme ab, und wenn irgendwo Haare stehen geblieben sind, beseitige sie hiermit."

Damit übergab sie ihm einen rosafarbenen Nassrasierer.

„Das ist ein ‚Ladyshaver'. Den wirst du von jetzt an regelmäßig verwenden." Eva grinste. „Oder sollen wir doch epilieren?"

Also stieg er wieder in die Duschkabine und ließ das Wasser laufen. Er sah, wie die weiße Creme an ihm hinablief und dann bemerkte er, dass sie seine Haare mitnahm. Sie sammelten sich am Abfluss, und als er daraufhin seine Haut unter dem warmen Wasserstrahl untersuchte, bemerkte er, dass sie gänzlich haarlos war. Er konnte es kaum glauben, aber die Haare waren tatsächlich weg! Auf der Brust, am Bauch, an den Beinen – selbst in seinem Schritt! An seinem Penis musste er noch ein paar Härchen entfernen – plötzlich sah er seltsam nackt und hilflos aus. Nichts mehr von ‚Männlichkeit' – das war fast lächerlich, was da übrigblieb! Geradezu beschämende Nacktheit am Stolz eines echten Mannes!

Seltsamerweise spürte er, wie gerade dieses vorübergehend so hilflos und schmächtig aussehende Stück unter seinem Blick zu wachsen begann. Ohne dass Alex es berührte, einfach während er es in seiner ganzen beschämenden Nacktheit ansah, begann es zu wachsen. Wie war das möglich?

Alex konzentrierte sich darauf, auch seinen übrigen Körper von der Creme zu reinigen. Dann wusch er sich mit Duschgel – Eva musste das seine entfernt haben, es war nur ihres, das s e h r weiblich duftete, zu finden. Also wusch er sich damit und umgab sich auf diese Weise mit einem Duft, den er nur von Eva kannte.

Das Gefühl war eigentlich unglaublich erregend: Seine Haut war nun so glatt, dass das Wasser daran abperlte wie vom Gefieder eines Schwans. Sie fühlte sich an wie polierter Stein, nur wesentlich weicher, außerdem irgendwie verletzlich. Er hatte dieses Gefühl unter seinen Händen bisher nur ein einziges Mal gehabt: wenn er Evas nackte Haut streichelte. Nichts war dem vergleichbar – und nun fühlte sich seine eigene Haut so an! Es fiel ihm schwer, das zu glauben.

Alex war fasziniert – und spürte zugleich, wie Scham in ihm aufstieg. Was machte er hier? War er völlig verrückt? So würde er sich auf keinen Fall beim Sport blicken lassen können – seine Freunde würden ihn als ‚Weichei', als ‚Tussi', als ‚Warmduscher', ja als ‚Tunte' verspotten und sich totlachen!

Seine Freunde? Hatte Eva dieses Versprechen wirklich ernst gemeint: Seine Freunde nicht mehr zu treffen? Kein Sport mehr, kein Bier, keine Kneipenabende? Stattdessen … was hatte sie gesagt: Freundinnen, mit denen er sich über Schuhe, Maniküre, Frisuren und den ‚Mädelsabend' bei Sixx unterhalten konnte? Womöglich noch über Mode? War er eigentlich noch zu retten?

„Wenn du fertig bist, crem dich mit der Lotion ein, die ich auf den Waschbeckenrand gestellt habe, und dann komm wieder ins Schlafzimmer!", hörte er Eva in diesem Augenblick rufen. Keine Frage, keine Bitte – irgendwie ein neuer Ton.

Aber Alex tat, was sie verlangte. Es schien ihm nicht ratsam, jetzt schon aufzubegehren, nachdem er gerade erst die Situation gerettet und halbwegs wieder in den Griff bekommen hatte.

Die Lotion fühlte sich kühl an. Er trug sie auf, legte

dann ein Handtuch um seine Hüfte und kehrte ins Schlafzimmer zurück.

Eva saß auf dem Bett und blätterte in einer Zeitschrift. Als sie aufsah, bekam ihr Gesichtsausdruck sofort eine kritische, wenn nicht missbilligende Note.

„Hast du schon einmal eine Frau gesehen, die so ihr Badetuch bindet?", fragte sie, stand auf, kam auf ihn zu, nahm ihm das Badetuch ab und legte es ihm um die Brust. „Du hast zwar noch keinen Busen, aber wir wollen von jetzt an ganz genau sein, sonst hat das Alles ja keinen Sinn, nicht wahr?" Damit nestelte sie noch ein wenig herum und setzte sich dann wieder auf's Bett.

Sie hatte sich inzwischen umgezogen. Alex fand sie noch immer umwerfend weiblich, aber tatsächlich trug sie nun schlicht Hose und T-Shirt, die eine war eine Jeans, das andere ganz einfach weiß. Sie trug weiße Socken und ihre Männerarmbanduhr an einem metallenen Armband. Auf dem Bett lag ihre Lederjacke.

„Ich habe nach einem Outfit für dich gesucht", sagte sie, sobald sie wieder saß, während Alex unschlüssig stehenblieb. „Das war nicht ganz so einfach. Deshalb habe ich beschlossen, dass wir … Ach, noch eins!" Eva unterbrach sich selbst. „Wir brauchen einen Namen für dich!"

„Einen Namen?" Alex wusste nicht genau, was sie meinte.

„Ja, einen Namen! Sicher ginge auch ‚Alex'. Das kann theoretisch ja Mädchen oder Junge sein. Aber ich finde, wir sollten dir einen richtig weiblichen Namen geben, damit du dich auch entsprechend fühlst. Was hältst du zum Beispiel von Isabel?"

Alex ging das alles wieder einmal zu schnell. Mit einer Änderung seines Namens hatte er nicht gerechnet. Während er versuchte, zu begreifen, schüttelte er mechanisch den Kopf.

„Nicht? Okay. Und Chantal?"

„Chantal?" Hatte Eva allen Ernstes vor, ihn von nun an ‚Chantal' zu nennen? Für ihn war das eher ein Name für ein Callgirl. Wieder schüttelte er mit dem Kopf.

„Auch nicht? Sabine?"

Alex bekam den Namen kaum mit, versuchte noch immer zu verstehen, was genau Eva bezweckte. Er schüttelte mechanisch mit dem Kopf."

„Britta?"

Kopfschütteln.

„Vanessa?"

Kopfschütteln. Alex sah noch immer nicht ein …"

„Also, viele Vorschläge habe ich nicht mehr. Was ist mit Leonie?"

Alex schüttelte ununterbrochen mit dem Kopf.

„Michelle?"

Kopfschütteln.

„Marion?"

Alex hatte einmal eine Marion gekannt. Eine wahnsinnig sympathische, gutaussehende, temperamentvolle, kluge Frau – leider verheiratet mit einem seiner Freunde …

„Okay. Zum Zweiten, zum Dritten. Marion!"

„Marion?"

„Ich habe deine Reaktion als Zustimmung gedeutet! Es war ohnehin mein letzter Vorschlag." Eva grinste. „Und was willst du. Marion ist doch ein schöner Name. Und außerdem passt er zu dir! Im Zweifelsfall nenne ich dich Mari. Oder Marie … überhaupt" – Eva unterbrach sich wieder, dachte einen Augenblick nach, sah Alex aufmerksam von oben bis unten an – „Marie ist eigentlich noch viel besser, meinst du nicht? Ein bisschen schüchtern, ein bisschen naiv, ein bisschen begriffsstutzig, das beschreibt dich doch ganz gut, mein kleines Mädchen.

Also gut."

Sie erhob sich vom Bett.

„Hiermit" – damit zog sie kurz an seinem Badetuch, so dass es zu Boden fiel und er nackt, aber frisch rasiert an Armen, Beinen und seinem besten Stück, vor ihr stand – „taufe ich dich auf den Namen Marie!" Und Eva lachte.

„Also, liebste Marie", fuhr sie fort, als sie sich wieder beruhigt hatte, „ich habe beschlossen, dass wir shoppen gehen. Marie braucht ihre eigenen Sachen. Du bist größer als ich, hast auch an einigen Stellen das eine oder andere Pfund mehr als ich, die wir kaschieren müssen. Außerdem will ich nicht, dass du meine Sachen kaputt machst. Und bei der Gelegenheit können wir dir gleich auch Schuhe kaufen, denn ohne die ist ein Outfit niemals vollständig."

„Aber …"

„Und deshalb habe ich dir erst einmal ein paar verhältnismäßig unauffällige Sachen herausgesucht." Damit ging sie zu einer Kommode hinüber, auf der sie einige Kleidungsstücke deponiert hatte.

„Da du Spitzen so sehr liebst, wie ich beobachtet habe, habe ich dir zur Feier deines Geburtstages – **der heute ist** (merk' dir das Datum!) – diese Unterwäsche herausgesucht, die ich dir hiermit leihweise zur Verfügung stelle. Sei vorsichtig damit!"

Damit übergab sie Alex einen nachtblauen Spitzentanga, der zusätzlich mit angenähten Volants besetzt war, die rund um das Bündchen verliefen. Der dazu passende BH hatte ebensolche Volants und bestand praktisch nur aus Spitzen.

„Zieh sie an!" Eva klang unternehmungslustig, aber Alex war sich nicht sicher, ob er das ebenso lustig finden sollte. Dennoch zog er die Sachen an, während ein Teil seines Gehirns darüber nachdachte, was genau sie mit ‚Shoppen gehen' gemeint hatte.

„Da wegen der Volants eine Strumpfhose nicht in Frage kommt", fuhr Eva fort und lächelte versonnen – oder war es verschlagen? – „habe ich Stayups für dich herausgesucht – oder bevorzugst du Strapse?"

Eva sah ihn fragend an, aber Alex schwirrte wieder einmal der Kopf. „Äh … Strapse?"

„Nein, ich glaube, wir beginnen lieber mit Stayups. Das ist beim Shoppen auch praktischer." Damit nahm sie eine Packung mit Strümpfen von der Kommode, öffnete sie, entnahm ihr die um einen Pappstreifen gewickelten Strümpfe und übergab sie ihm. *„Same procedure* – zieh sie an!"

Alex nahm sie und besah sie sich etwas unschlüssig.

„Okay." Eva trat an ihn heran. „Das kannst du wahrscheinlich noch nicht. Pass auf!"

Damit nahm sie die Strümpfe in einer bestimmten Weise in ihre Hände, wickelte sie auf und ließ sie dann ganz langsam an seinen Beinen abrollen, angefangen an seinen Fußspitzen bis hoch an seine Oberschenkel.

Alex erschauderte. Der zarte Nylonstoff auf seinen glattrasierten Beinen – das war ein unbeschreibliches Gefühl, das mit nichts zu vergleichen war, was er bis dahin kannte! Das war fast wie ein Rausch. So fühlte sich das also an, wenn man diesen Stoff direkt auf seiner unbehaarten Haut hatte? Kein Wunder, dass Frauen anders funktionierten als Männer. Wer soetwas trug

– und das dauerhaft und im Alltag –, der musste in anderen Dimensionen denken, vielmehr: fühlen.

Als er aufsah, bemerkte er, dass Eva ihn beobachtete.

„Gut?", fragte sie.

Alex nickte. „Das ist ...", begann er, aber er wusste nicht, wie er es ausdrücken sollte.

„Anders?"

„Unerwartet."

„Schön?"

„Verstörend."

„Wie als wenn dich jemand streichelt?"

„Ja, so könnte man es sagen."

„Sei froh!" Eva grinste. „Das wirst du von nun an immer spüren. Nylon gehört von nun an zum Outfit wie das Händewaschen zur Hygiene. Und das Beinerasieren sowieso."

Und damit reichte sie ihm eine kurze Hose, die zur Not auch als Boxershort durchgegangen wäre. Als er sie sich überstreifte, merkte er, dass sie weit geschnitten war und damit nicht sehr weiblich wirkte. Allerdings sahen seine Beine in den Nylonstrümpfen daraus hervor.

Als nächstes bekam er von Eva ein Shirt. Erst stutzte er, als er die Farbe sah: orange. Doch er wollte nicht schon wieder anfangen, zu diskutieren. Also streifte er das Shirt über – und spürte, dass es ungewohnt eng war.

„Ja, siehst du", sagte Eva, während sie ihn aufmerksam musterte, „das war einer der Gründe, warum wir dir unbedingt eigene Sachen kaufen müssen. Du bist in den Schultern deutlich breiter als ich und die Sachen sind dir da einfach zu eng. Aber für den Moment wird es gehen." Damit wandte sie sich ab, nahm vom Bett ihre Lederjacke und von der Kommode ihre Handtasche, und mit einem beiläufigen „Kommst du?" verließ sie das Zimmer.

Alex wusste nicht, wie ihm geschah. Als er in den Spiegel blickte, sah er, wie sich der BH eindeutig unter dem engen Shirt abzeichnete. Vorne drückten sich die spitzenbesetzten Körbchen durch den Stoff und hinten erkannte man deutlich den Verschluss. Außerdem zeichnete er sich farblich gegen das hellere Orange ab. So konnte er unmöglich auf die Straße gehen!

Er trat an die Schlafzimmertür. „Eva!" rief er.

„Kommst du nun endlich?", schallte es aus der Eingangshalle zu ihm empor. „Ich gehe schon einmal in die Garage. Ich warte mit dem Auto in der Einfahrt." Und Alex hörte, wie Eva die Haustür öffnete und sich ihre Stöckelschuhe auf dem Pflaster in Richtung Garage entfernten.

Panik brach in ihm aus. Wollte sie wirklich, dass er so auf die Straße ging? Das konnte sie nicht ernst meinen! Von steigender Angst getrieben, kehrte er ins Schlafzimmer zurück. Ihre Lederjacke hatte Eva mitgenommen. Wenn er nun eine seiner eigenen Jacken darüberzog? Er trat an seinen Kleiderschrank – da bemerkte er, dass der Schlüssel fehlte. Der Schrank war verschlossen und nicht ohne Gewalt zu öffnen. In wachsender Hast trat er an Evas Schrank. Immerhin hatte sie einen Trenchcoat, nicht sehr lang, aber wenigstens ein halbwegs neutraler Trenchcoat. Aber er konnte ihn nicht finden. Draußen hörte er die Hupe des Autos. Wann hatte sie ihn das letzte Mal getragen? Da fiel ihm ein, dass sie ihn erst gestern oder vorgestern getragen hatte, als es kurzzeitig geregnet hatte. Er hastete zur

Garderobe an der Haustür hinab. Gott sei Dank – da hing er! Alex riss ihn von seinem Bügel und streifte ihn über. An den Schultern war er eindeutig zu eng, aber wenigstens verdeckte er das zu enge Shirt und den sich durchzeichnenden BH. Für den Augenblick musste das reichen. Und Schuhe? Schuhe? Wieder hörte er die Hupe, diesmal ungeduldiger. Kurzerhand streifte er seine einfachen Turnschuhe über. Es war ohnehin egal. ‚Ich sehe sowieso aus wie ein perverser Triebtäter', dachte er und zog die Haustür hinter sich ins Schloss.

Eva saß hinter dem Steuer. Normalerweise fuhr er, wenn sie gemeinsam unterwegs waren, aber offenbar hatte sie es sich für heute anders überlegt. Als er sich auf den Beifahrersitz sinken ließ, sah sie ihn aufmerksam an. „Trenchcoat, aha. Fürchtest du, dass es regnen wird?"

„Jeder kann unter dem Shirt den BH sehen!", platzte er heraus.

„Und?", antwortete sie ungeduldig, während sie einen Gang einlegte und losfuhr, „was ist denn dabei, wenn ein Mädchen einen BH trägt? Das ist im Moment sogar modern, dass man den BH deutlich sichtbar trägt. Hast du das noch nicht mitgekriegt? Mädchen tragen extra solche Shirts, unter denen man die BH-Träger sehen kann. Tanktops zum Beispiel mit nur einem Träger am Rücken. Das ist total angesagt. Wenn der BH dann auch noch eine andere Farbe hat, zum Beispiel Schwarz – umso besser!"

„Ich bin aber nun einmal kein Mädchen!"

„Aber du willst eines werden, hast du gesagt."

„Ich habe gesagt, dass ich es nicht weiß."

„Und ich habe gesagt, dass ich dir helfen will, es herauszufinden. Und das tue ich."

„Aber findest du deine Methoden nicht etwas übertrieben?"

„Wieso? Stell dich doch nicht so an. Wir werden alles so gut und so gründlich wie möglich machen, mehr noch: wir werden es richtig machen. Und ‚richtig' heißt: mit allem Drum und dran. Du bekommst ein perfektes Outfit samt Schuhen, Schmuck und Parfum. Welchem Sissyboy wird das so leicht gemacht wie dir."

„Sissyboy?"

„Ja, so nennt man doch die schwulen Jungs, die gern Frauenkleider tragen."

„Aber ..."

„Und deshalb werden wir dich jetzt erst einmal richtig einkleiden – mit allem, was dazugehört! Also stell dich nicht so an! Am Ende wird niemand mehr sehen, dass du eigentlich kein richtiges Mädchen bist! Das heißt", korrigierte sie sich schmunzelnd, „die Kenner werden es natürlich schon noch erkennen ..."

Hardcore-Shopping

Eva ging ausgesprochen planvoll vor. Zuallererst steuerten sie ein Geschäft an, in dem es neben Damenunterwäsche auch Silikon-Brusteinlagen gab. Die Verkäuferin beriet sie mit großer Geduld und Professionalität. Alex spürte keinerlei Irritation oder Abneigung bei ihr, im Gegenteil: sie schien mit dem ‚Problem' vertraut zu sein. Alex hatte den Eindruck, dass sie nicht zum ersten Mal damit konfrontiert wurde, dass ein Mann Brüste haben wollte. Als er dies merkte, entspannte er sich ein wenig und beteiligte sich – vorsichtig – an der Diskussion.

Als die richtige Größe der Brusteinlagen ermittelt und die richtigen Modelle gefunden waren – eine natürliche Größe, kein Atombusen, aber auch nicht zu klein; mit richtigen Nippeln auf dunklen Höfen –, kaufte Eva gleich noch eine Packung passender BHs, um die Einlagen dauerhaft am richtigen Platz zu halten. Sie sollten ein wenig schwingen können, da war sie sich mit der Verkäuferin einig, aber auf keinen Fall durften sie herumrutschen. Zu Versuchszwecken packte die Verkäuferin noch eine Tube mit Spezialklebstoff dazu.

Auf Evas Anregung behielt er einen von den BHs gleich an und die Verkäuferin legte sorgfältig die Silikoneinlagen hinein, so dass Alex von nun an mit einem Busen herumlief. Das enge Shirt spannte darüber, aber der Busen sah täuschend echt aus. Und der spitzenlose BH zeichnete sich nun sogar einen Hauch dezenter unter seinem Shirt ab, auch wenn er noch immer eindeutig sichtbar war.

Anschließend betraten sie ein Kaufhaus. Hier ging Eva mit Alex durch die Reihen und suchte zunächst Kleider aus. Immer mehr bunte Sommerkleider sammelten sich über seinem Arm, bis Eva ihn in eine Umkleidekabine schickte. Immer wieder kam sie mit neuen Kleidern, schloss einen Reißverschluss an seinem Rücken, ließ ihn vor den Umkleidekabinen ein paar Schritte gehen, um zu sehen, wie ein Kleid saß oder ein Rock schwang, oder um ihm zu demonstrieren, wie sich ein enger Rock beim Gehen anfühlte. Selbst bei den Umkleidekabinen gab es keinerlei Zwischenfall. Die Frauen, die die Kabinen aufsuchten, waren alle so sehr mit sich selbst beschäftigt, dass sie offenbar gar nicht mitbekamen, dass hier etwas ungewöhnlich war. Alex entspannte sich weiter.

Gewöhnlich entschied Eva, was am Ende gekauft wurde, aber sie sah auch darauf, worin Alex – oder „Marie", wie sie ihn nun konsequent nannte – sich wohlfühlte. Und „Marie" entwickelte im Laufe der Zeit langsam und vorsichtig Ansätze zu einem eigenen Geschmack. Ein Rock beispielsweise sollte nicht zu kurz sein, aber sie bevorzugte doch spürbare Enge. Bei dem Kleinen Schwarzen allerdings waren sie sich auf Anhieb einig.

Schließlich waren Schuhe an der Reihe – der komplizierteste Teil des Einkaufs, denn hier gab es einfach viel zu viele, wunderbare und ungewöhnliche Dinge. Wer mit einer solchen Auswahl nicht von Kind auf vertraut war, beschloss Alex irgendwann erschöpft, der war damit schlichtweg überfordert. Ein Mann allemal! (Und in seinem Inneren hörte er Eva protestieren: ‚Ein Mann? Wieso ein Mann! Du bist jetzt ein Mädchen!'

Soetwas hatte sie einmal schon gesagt, als er eine entsprechende Bemerkung gemacht hatte.)

Am Ende waren es zwei Paar Stiefel mit Absätzen von 6 und 10 Zentimetern, mehrere Paar Pumps in unterschiedlichen Farben, ein Paar Schnürstiefeletten – darauf hatte Eva bestanden –, ein Paar gewöhnliche Sandaletten sowie ein Paar Riemchensandalen in Gold – diese waren, wie sich später herausstellte, die einzigen Schuhe, die weniger als 6 Zentimeter Absatz hatten. Um sie sofort anzubehalten, kauften sie zusätzlich noch ein paar braune Lederpumps mit nur 4 cm Absatz; drunter durfte es nicht sein, wie Eva betonte, damit sich „Maries" Füße an die neue Haltung gewöhnen konnten.

„Und die Sandaletten kannst du nicht anbehalten – nicht mit deinen unlackierten, ungepflegten Zehennägeln!"

Mit Busen und Pumps und schon einer ganzen Reihe von Einkaufstüten in den Händen ging es in die Abteilung für Schmuck. Hier hielten sie sich lange auf, probierten viele einzelne Stücke. Auch hier wurden sie von einer freundlichen, sehr höflichen Verkäuferin beraten und auch hier erregte Alex keinerlei Anstoß bei den anderen Kundinnen, die alle nur Augen für die Auslagen hatten. Zudem fühlte er sich freier, über Schmuck zu sprechen als über Kleider oder Highheels. Er entwickelte fast soetwas wie eine eigene Meinung. Am Ende trug er eine zurückhaltende Damen-Armbanduhr aus Silber und eine zierliche silberne Halskette und in einer kleinen Schachtel befanden sich mehrere Fingerringe. Um die zu tragen, so hatte Eva beschlossen, sollte er aber zunächst intensive Maniküre betreiben einschließlich einem schönen Nagellack.

Nocheinmal wurde es Alex heiß bei diesem Gedanken, den er anlässlich ihrer Bemerkung über seine Füße dezent überhört hatte. Was machte er hier eigentlich? Was geschah mit ihm? Und wie weit sollte das noch gehen? Das alles – er sah auf die Einkaufstüten in seinen Händen – ging deutlich über einen kleinen Spaß hinaus und auch über einen bloßen Versuch, der irgendwann auch wieder enden würde ...

Wiederum verstört und dadurch gehemmt, wurde die Abteilung für Kosmetik für ihn zu einer kleinen Katastrophe. Die Verkäuferin war sehr jung, musterte ihn mit seltsamem, offenkundig belustigtem Blick, beriet mehr Eva als ihn und ihre Vorschläge gingen in Richtungen, die Alex überhaupt nicht gefielen. Aber in welcher Farbe wollte „Marie" ihren – oder seinen – Lippenstift tatsächlich haben? In welcher die Fingernägel lackiert? Was sagte sie zu den Pink- und Rosatönen, die die Verkäuferin auf dem Ladentisch anhäufte, und zu dem süßlichen Duft, den sie begeistert anpries? In Alex oder „Marie", wie Eva ihn auch gegenüber der Verkäuferin nannte, rief dies eher die Assoziation einer Prosituierten während der Arbeit hervor – sollte er tatsächlich mit einem solch nuttigen Duft herumlaufen? Überhaupt: Er! Parfum! Bisher hatte er nicht einmal Rasierwasser verwendet!

Aber Eva schien es zu gefallen, und sowohl die pink- und rosafarbenen Nagellacke und die dazu passenden Rouges und Lidschatten, als auch das süßliche Parfum wurden eingepackt und wanderten als dauernde Einschüchterung ihres zukünftigen Trägers in die Einkaufstüten.

Alex hatte inzwischen damit aufgehört, zu protestieren. Er hoffte nur, dass diese Shopping-Tour irgendwann zu Ende gehen würde, möglichst noch bevor seine Füße, die schon jetzt brannten, sich vollständig in Wolken aus Schmerz verwandelten. Und seit die junge Verkäuferin beschlossen hatte, Eva statt „Marie" zu beraten und Eva mit ihr alle Kaufentscheidungen ausgehandelt hatte, trottete er wie ein Hündchen hinter Eva her. Und nun sah er auch, dass es durchaus scheele Blicke gab und Getuschel. Einmal sah er eine ältere Frau mit dem Kopf schütteln, zwei Kinder zeigten mit dem Finger auf ihn und verstummten erschrocken, als er sie anblickte, und einmal hörte er sogar einen spöttischen Pfiff, den er nun selbstverständlich auf sich bezog. Jetzt bekam die Tour etwas von einem Spießrutenlauf.

Doch sie war noch nicht zu Ende. Weiter ging es zu den Dessous. Hier kaufte Eva nicht nur für „Marie", sondern ebenso für sich selbst ein, und nach den Spitzen-Dessous lenkte sie ihre Aufmerksamkeit auf ‚Dessous' aus glänzendem Latex und aus Leder. Alex wurde es ein wenig mulmig, als sie nur halb mitbekam, wie Eva Wäschestücke aus Leder mit und ohne Nieten und Metallringe begutachtete und – nun kommentarlos – einpackte.

Und dann ging es noch einmal zurück zu den Kleidern. Nun wurden doch wieder extrem kurze Röcke probiert, auch einteilige Kleider, die nur knapp bis über den Schritt reichten, dafür ganz eng an den Oberschenkeln anlagen, so dass Alex, nein: „Marie" kaum einen Schritt machen konnte, ohne dass der Stoff extrem spannte. Auch ein Lederrock war darunter, dieser allerdings mit einem Schlitz an der Vorderseite des Oberschenkels, der Alex an einer schönen Frau wie Eva fasziniert hätte, für sich selbst – vielmehr: für „Marie" – aber entschieden zu gewagt fand.

„Stell dir vor, wie das zu deinen Stiefeln aussieht!", schwärmte Eva, als Alex skeptisch versuchte, den Schlitz zusammenzuhalten und den Rock etwas weiter herunterzuziehen. Und die unübersehbare Beule zwischen seinen Beinen zeugte außerdem davon, dass er es sich nur zu gut vorstellen konnte. Eva nahm es lächelnd zur Kenntnis.

Als Alex schließlich mit brennenden Füßen und Schweiß unter den Silikoneinlagen auf den Beifahrersitz des Autors sank, nachdem er die inzwischen unüberschaubare Menge an Einkaufstüten und -taschen im Kofferraum verstaut hatte, fuhr Eva in die ‚falsche' Richtung, bog schließlich in einen abgelegenen Parkplatz ein und nötigte „Marie" dazu, erneut auszusteigen. Ziel war nun ein in einem Gewerbegebiet abseits gelegener Sex-Shop, den Eva verwirrenderweise fand, ohne ihn suchen oder den Navi einschalten zu müssen.

„Komm, Marie", sagte sie und Alex fühlte sich noch immer seltsam berührt von dieser Anrede, „lass uns sehen, was wir hier so finden können. Noch haben wir nicht alles, was wir brauchen."

Doch im Laden ließ sie „Marie" schnell allein zwischen den Reihen von Sexartikeln und Videos. Plötzlich war sie wie vom Erdboden verschluckt. Alex sah sich verstohlen im Laden um, in dem nur noch zwei männliche Kunden an den Regalen standen. Aber er konnte Eva nirgends entdecken. Und er wollte nicht zuviel herumlaufen, denn die Absätze der Pumps klackerten auf dem harten Steinboden so aufreizend, dass er selbst, wenn er Hosen und Hemd angehabt hätte, sich umgedreht hätte, um den erwarteten, reizvollen Anblick zu genießen.

Irgendwann tauchte Eva wieder auf. Eine kleine, dezente Tüte baumelte an ihrem Handgelenk und ihr Gesicht verriet, dass sie zufrieden war.

„Und?", fragte sie fast ein wenig scheinheilig, „hast du etwas gefunden, das du gern haben möchtest?"

Verschämt hielt Alex ihr eine DVD hin. Eva schaute interessiert das Cover an: „Vom Mann zur Frau", las sie den Titel, ohne die Stimme merklich zu senken, „aha, gut, ja, das klingt interessant. Aber hast du dich nicht auch nach etwas anderem umgesehen, das du vielleicht noch dringender brauchst, beispielsweise nach einem Dildo?"

„Einem Dildo?"

„Willst du denn nicht spüren, wie das ist, einen Schwanz in sich zu haben? Es muss ja vielleicht nicht gleich zu Beginn ein echter sein, der in dir abspritzt."

Alex sah sich erschrocken und verschämt um.

„Keine Sorge, mein schüchternes Mariechen, die Leute sind hier, weil sie genau das wollen! Niemand würde sich hier aufregen, weil du einen solchen Wunsch hast. Viel eher" – Eva sah sich auffällig, fast auffordernd im Laden um – „würde sich zweifellos der Nächstbeste anbieten, dir seinen Schwanz zur Verfügung zu stellen, wenn er von deinem Wunsch erführe." Aber glücklicherweise war so jemand gerade nicht in der Nähe, so dass Evas Worte ungehört verhallten.

Endlich trafen sie wieder zu Hause ein. Es war schon dunkel, als Eva den Wagen in die Garage fuhr und Alex vor der Haustür auf sie warten musste, da er keinen Hausschlüssel bei sich hatte. „Eine Handtasche!", kommentierte Eva, „die haben wir natürlich vergessen. Schließlich hast du nun ja keine Hosentasche mehr und du brauchst dringend etwas, worin du deine Schminksachen transportieren kannst, den Lippenstift, Taschentücher, deine Sonnenbrille, Tampons und die Kondome!"

Alex nahm es als Scherz – war sich nach diesem Tag allerdings nicht mehr sicher, ob das auch so gemeint war.

Eva schloss die Tür auf und noch bevor Alex sich der Pumps entledigen konnte, um endlich wieder seine Füße zu entspannen, hielt sie ihn am Arm fest.

„Hör zu", sagte sie und ihrer Stimme war keine Müdigkeit anzuhören; viel eher entnahm Alex ihr eine gewisse Unternehmungslust, wenn nicht Spannung, als würde sie sich auf die Umsetzung eines gut vorbereiteten Plans freuen. „Den Schlüssel zu deinem Kleiderschrank findest du in meinem Nachttisch. Räum' deinen Kleiderschrank aus, pack alles in einen Koffer und stell' ihn in die Garage. Dann räumst du deine neuen Kleider in deinen Kleiderschrank ein. Unterwäsche und Strümpfe kommen in deine Schublade in der Kommode.

In der Zwischenzeit nehme ich ein Bad und wenn ich fertig bin, möchte ich gern essen. Zieh dich also entsprechend an – es darf ruhig ein wenig aufreizend sein, schließlich ist es Abend und wir haben ein Date. Highheels, schwarze Stayups, schwarze Dessous, wie wär's mit deinem ‚Kleinen Schwarzen?' Selbstverständlich dazu passenden Schmuck. Ob ich dich noch schminke, weiß ich erst, wenn ich gebadet habe. Sorg dafür, dass etwas zu Essen auf dem Tisch steht und eine Flasche Sekt kühlgestellt ist. Hast du alles verstanden?"

Alex stand vor seiner Frau und fühlte sich nicht zum ersten Mal wie ein kleines Mädchen, das Anweisungen erhält, was es tun soll, damit die ‚Großen' mit ihm zufrieden sind. Instinktiv senkte er den Blick und nickte.

„Und noch eins!" Eva legte ihm ihre schöne Hand mit den perfekt manikürten, dunkelrot lackierten Fingernägeln auf die Schulter und sah ihn eindringlich an. „Da du, liebe Marie, keine Hausschuhe hast und weil du dich und deine Füße an das Gefühl gewöhnen musst, wirst du hier im Haus niemals Schuhe mit niedrigeren Absätzen als 8 Zentimeter tragen. Hast du mich verstanden?"

Wieder nickte Alex gehorsam. Evas Stimme klang freundlich, aber sie schien keinen Widerspruch mehr zu dulden.

„Je konsequenter du das tust, umso schneller wirst du dich daran gewöhnt haben, glaub' mir!" Sie nahm ihre Hand wieder von seiner Schulter und richtete sich auf. Ganz offensichtlich war sie davon überzeugt, dass sie Alex etwas ausgesprochen Gutes tat.

„Apropos Gewöhnung". Offenbar sollte dieses ‚apropos' beiläufig klingen, aber Alex hörte ganz deutlich etwas wie Aufregung in ihrer Stimme. „Ich habe noch ein kleines Geschenk für dich."

Damit griff Eva in die Tüte, die sie seit dem Sex-Shop mit sich herumgetragen hatte. Sie entnahm ihr eine kleine, weiße Pappschachtel mit dem in Goldbuchstaben zierlich eingravierten Schriftzug „CB 6000".

„Das ist", begann sie vorsichtig und ließ sich Zeit, ihre Worte sorgfältig zu wählen, „ein Gefallen, den du mir tun solltest."

Sie hielt ihm die Schachtel hin. Alex nahm sie entgegen und wartete auf die Fortsetzung ihrer Worte.

„Ich gebe zu, es ist eine Form der Kontrolle. Aber kontrolliert zu werden, ist etwas sehr Weibliches, verstehst du? Das männliche Privileg ist es, Kontrolle auszuüben, vor allem die Kontrolle der eigenen Ehefrau. Die weibliche Rolle besteht darin, sich dieser Kontrolle zu unterwerfen. Und weil wir ja nun in gewisser Weise die Rollen getauscht haben, möchte ich, dass sich das auch darin ausdrückt."

Damit nickte sie in Richtung der kleinen Schachtel. Alex sah sie mit großen Augen an.

Eva wartete einen Augenblick, und als Alex keine Anstalten machte, die Schachtel zu öffnen und hinein zu sehen, fuhr sie fort: „Du bist nun ‚Marie'. Du bist nicht mehr ‚Alex'!"

Alex öffnete den Mund, um etwas einzuwenden, doch Eva legte ihm einen Zeigefinger über seine Lippen.

„Ich stelle mir vor, dass es schwer ist für dich, das zu begreifen und es ständig zu empfinden. Daher will ich, dass der ‚Alex' in dir gezügelt wird, bis wir ihn sozusagen gelöscht haben. Dazu legen wir ihm gewissermaßen Fesseln an. Was heißt ‚gewissermaßen' – Eva lachte und Alex hörte die Nervosität, die in diesem Lachen steckte – „wir tun es tatsächlich. Von nun an steht es nicht mehr in deiner Gewalt, oder besser: Entscheidung, wann du deinen Trieb auslebst und dich befriedigst. Ich möchte, dass du diese Kontrolle mir überträgst. Das werden wir nachher noch besiegeln, ich habe da schon eine Idee. Wenn du wirklich herausfinden willst, ob du eine Frau werden willst, dann darfst du die Möglichkeit, dich als Mann zu fühlen, nur noch in Ausnahmesituationen haben; eigentlich durfte selbst dies nicht einmal mehr möglich sein. Du kannst als Frau schließlich auch nicht entscheiden, wann du Frau sein willst und wann nicht. Folgerichtig kannst du die Frage, ob du wirklich Frau sein willst, nicht beantworten, wenn du jederzeit zwischen den Rollen hin und her tauschen kannst, so wie es dir gerade in den Kram passt oder bequemer ist. Wenn du es ernsthaft ausprobieren willst, musst du auch die Möglichkeit aufgeben, einfach wieder zurückzukehren.

Nun können wir dir dein bestes Stück natürlich nicht einfach abschneiden – und das wollen wir ja auch gar nicht, du nicht, und ich schon gar nicht! Dein Schwanz bleibt dran! Darüber sind wir beide uns ja einig. Aber ich will, dass er nur mit meiner Zustimmung zum Einsatz kommen kann. Von nun an ist er sozusagen meiner! Und deshalb habe ich beschlossen, dass wir dir das hier anlegen werden."

Sie nahm Alex die Schachtel wieder aus der Hand und öffnete sie. Zum Vorschein kam eine durchsichtige Plexiglas-Konstruktion, bestehend aus verschiedenen Stäben und Ringen, die offenbar unterschiedliche Größen hatten. Das Hauptstück aber war eine Röhre aus Plexiglas in der Form eines halb-schlaffen, hängenden Penis. An seiner nachgebildeten Eichel befand sich ein offener Spalt, an seiner Wurzel war die Röhre gänzlich offen und irgendwo darüber baumelte ein kleines Vorhängeschloss, das deutlich machte, in welcher Weise Eva das Wort ‚Kontrolle' gemeint hatte.

Als Alex weiter unschlüssig die Konstruktion betrachtete, sprach Eva weiter: „Das ist ein so genannter Keuschheitsgürtel. Mit einem Gürtel hat das zwar nichts zu tun, aber dein Penis wird damit daran gehindert, vollends steif zu werden und zu ejakulieren. Zu deutsch: du kannst nicht abspritzen! Es ist biologisch einfach nicht möglich, das ist ja nachvollziehbar. Du kannst zwar den Reiz empfinden, schließlich bleiben der Penis und die Hoden voll funktionstüchtig und damit bleibt auch die Möglichkeit erhalten, zu begehren und das Begehren in den Wunsch nach der Erfüllung der Lust umzuwandeln. Aber wenn du dieses Rohr angelegt hast, kannst du ganz einfach nicht ‚kommen'. Jedenfalls nicht vollständig, der Penis kann sich dafür einfach nicht genügend vergrößern. Ich habe keine Ahnung, ob das schmerzhaft ist, der Verkäufer – ein Mann, er muss es wissen –, sagte, dass es das nicht sei. Wenn wir beschließen, dass du abspritzen und damit als ungezogenes Mädchen aus deiner Rolle als ‚Marie' herausfallen darfst, müssen wir dieses Schloss hier lösen und die Plexiglas-Röhre von deinem Schwanz herunternehmen. Erst dann kann er sich vollständig vergrößern und vor allem versteifen. Ein einfaches Prinzip, das wirst du zugeben", fügte sie halb geschäftsmäßig, halb nervös hinzu. „Aber äußerst effektiv, wie ich mir habe sagen lassen."

„Und das soll ich …"

„Wenn du willst, kann auch ich es dir anlegen. Und wenn ich es recht bedenke – ja, eigentlich sollte ich es sofort, hier und jetzt, tun."

Alex wich einen Schritt zurück, als Eva mit der Schachtel in der Hand einen Schritt auf ihn zu machte. Sie sah ihn zurückweichen, blieb stehen und ihre

Stimme bekam etwas Hartes, Herrisches, als sie sagte: „Komm mit!" Damit drehte sie sich um und ging ihm ins Esszimmer voraus. Sie stellte die Schachtel auf den Tisch und begann, die Einzelteile des ‚Keuschheitsgürtels' zusammenzusetzen. Schließlich gab sie Alex einen Ring, der an einem Gelenk auf und zu geklappt werden konnte.

„Hier", sagte sie, „probier mal aus, ob der passt. Er darf selbstverständlich nicht zu eng, aber auch nicht zu weit sein, damit du das Ganze nicht einfach abstreifen kannst."

Alex nahm zögernd den Ring und betrachtete ihn unschlüssig. Aber jetzt ließ Eva ihm keine Zeit mehr. „Mach schon!", herrschte sie ihn plötzlich an. „Ich bin müde, ich will endlich in die Badewanne!"

„Aber …", begann Alex erneut.

„Keine Angst! Das Ganze ist so konstruiert, dass du es dauerhaft tragen kannst. Du kannst damit ganz normal auf die Toilette gehen, dafür ist vorne die offene Spalte da. Und das Ding ist nicht aus Metall, sondern aus Plexiglas, damit du damit sogar durch Sicherheitsschleusen gehen kannst, die ja nur auf Metall ansprechen. Daher habe ich dir keinen Keuschheitsgürtel aus Metall besorgt – die hätte es auch gegeben, aber die sehen fürchterlich brutal aus, wenn du mich fragst."

„Aber ich …"

„Kein ‚aber' mehr! Himmeldonnerwetter! Wie oft habe ich es nun gesagt! Du wolltest tun, was ich sage. Immerhin war es dein Wunsch und mein Angebot, dir bei der Verwirklichung deines Wunschs zu helfen. Und andernfalls …" – nun stand sie da mit in die Taille gestemmten Armen, der Inbegriff an Kampfeslust – „bist du dir eigentlich sicher, ob ich so einen Sissyboy als Ehemann zurück haben möchte? Manchmal denke ich, ich sollte einfach den Scheidungsanwalt anrufen. Da komme ich nach Hause und finde meinen Mann, wie er in meiner Wäsche wühlt und sogar welche trägt, während er mich im Bett nicht mehr befriedigen kann. Der Anwalt wird keine Schwierigkeiten damit haben, zu glauben, dass du herausgefunden hast, dass du schwul bist und unsere Ehe gescheitert ist. Willst du, dass ich das tue?"

Alex geriet augenblicklich wieder in Panik. Er fühlte sich wie eine Ratte in der Falle – was immer er tat, es war falsch. Nur eines wusste er mit absoluter Gewissheit: Er wollte Eva nicht verlieren!

Also nahm er wortlos den Ring und probierte ihn aus. Er war zu eng. Oder war er nur zu ängstlich? Eva nahm ihn ihm aus der Hand und versuchte es selbst. Sie legte ihn um die Peniswurzel und drückte ihn langsam zusammen. Dabei berührte sie selbstverständlich seinen Schwanz und der begann augenblicklich, zu wachsen.

Eva nahm aus der Packung einen größeren Ring. Der ließ sich mit einiger Sorgfalt um seine Peniswurzel schließen. Als sie ihn ganz zusammengeschoben hatte, fädelte Eva einen Plastikstift durch ein entsprechendes Loch und arretierte den Ring damit, so dass er sich nicht mehr öffnen ließ. Dann schob sie langsam das Rohr so über den sich zusehends versteifenden Penis, dass der Stift in eine dafür vorgesehene Öffnung am Rohr eingeführt werden konnte. Es ging gerade noch gut. Einen Augenblick später wäre der Penis bereits zu groß gewesen, um noch in die Röhre geschoben werden zu können. Nun schob Eva den Bügel des kleinen Vorhängeschlosses durch eine Öse, ließ das Schloss einrasten und zog den kleinen Schlüssel ab.

Triumphierend hielt sie ihn in die Höhe.

„Siehst du, liebste Marie, das ist der Beginn einer wunderbaren Zeit. Wir werden viel Spaß miteinander haben!"

Damit öffnete sie eine zierliche Halskette, die sie immer trug, wenn sie keinen aufwändigeren Schmuck angelegt hatte, und befestigte den Schlüssel daran. Als sie die Kette wieder schloss, baumelte er gut sichtbar an ihrem Hals.

Alex aber spürte das Rohr und den Ring in seiner Leiste. Es schmerzte oder brannte ein wenig, denn der Penis wollte weiter wachsen. Alex konnte nur darauf hoffen, dass er sich daran gewöhnen würde. Denn dass Eva in absehbarer Zeit, sprich: in den nächsten Tagen schon ihren Spaß daran verlieren würde, das konnte er sich nicht mehr vorstellen. Nicht angesichts der Begeisterung, mit der sie ihn nun anstrahlte und dabei den Schlüssel an ihrem Hals baumeln ließ.

Im Kleinen Schwarzen

Als Eva im Bad verschwunden war, zog sich Alex im Schlafzimmer vollkommen aus. Er stellte sich vor den Spiegel, der eine ganze Seite des zimmerhohen Kleiderschranks einnahm.

Es war erst ein paar Stunden her, dass er hier gestanden hatte, ein unschuldiges Höschen, einen BH und ein Unterkleid übergestreift und in aller Seelenruhe seinen kleinen, verrückten Spaß gehabt hatte. Dann hatte Eva ihn erwischt – und seither war alles aus dem Ruder geraten. Er hatte die Kontrolle verloren, sein ganzes Leben hatte sich verändert! Seine Freunde sollten nicht mehr seine Freunde, sein Leben nicht mehr sein Leben sein. Selbst sein Name war nicht mehr sein Name. Eva nannte ihn nun „Marie". Er hatte sein eigenes Sperma geschluckt und war in Höschen, mit BH und Silikonbrüsten, in Nylonstrümpfen und in Evas Trenchcoat durch die Stadt gelaufen und sie hatten Frauenkleider und -schuhe, Dessous und Kosmetikartikel für ihn gekauft. Nun war er vollständig eingekleidet wie eine Frau und sollte seine Männerkleidung aus dem Kleiderschrank ausräumen. Und zu allem Überfluss trug er nun dieses Ding – einen Keuschheitsgürtel, der verhinderte, dass er sich Erleichterung verschaffen konnte, wenn es notwendig war, und den Schlüssel dazu trug Eva an einer Kette um ihren Hals, selbst jetzt, da sie in der Badewanne saß (rostete der nicht? was war, wenn er rostete und das Schloss sich nicht mehr öffnen ließ?)!

Von nun an sollte er Dessous tragen, Dessous mit Spitze und Volants! Einen Silikonbusen, Seidenstrümpfe und Stöckelschuhe mit hohen, aufreizend klackernden Absätzen! Und wer wusste schon, was Eva noch alles einfallen würde! Die Möglichkeiten schienen unendlich zu sein. Wie war das: was hatte sie noch gleich von Tampons und Kondomen gesagt?

Musste er das wirklich mit sich machen lassen? Noch einmal überschwemmte ihn eine Welle des Widerstands. Er zerrte an der Plexiglas-Hülle um seinen Penis – er musste das nicht mitmachen! Das war einfach lächerlich! Und was zu weit ging, ging zu weit! Sich derartig erniedrigen zu lassen – so durch die Stadt zu laufen, wie ein geprügelter, zudem kastrierter Hund hinter Eva her, während Kinder mit dem Finger auf ihn zeigten! Er hatte einen Fehler gemacht, ja, aber gab das Eva das Recht, derart mit ihm umzuspringen? Und sie schien keineswegs gewillt, wieder zu sich zu kommen und zur Realität zurückzukehren! Eher sah es, wenn er auf den Berg von Einkaufstüten auf dem Bett sah, nach etwas ganz Anderem aus!

Schon wollte er sich zur Badezimmertür umdrehen, da fiel sein Blick auf die Einkaufstüten aus dem Schuhgeschäft. Sie waren mit Abstand die größten, sie enthielten die großen Kartons, in denen die Stiefel steckten. Er griff nach einer von ihnen und öffnete den Karton. Darin lagen in weißem Seidenpapier schlichte, aber elegante schwarze Lederstiefel mit einem zehn Zentimeter hohen Absatz. Sie sahen so scharf aus! Geschmackvoll und zugleich wahnsinnig verführerisch! Schon bei der Anprobe im Geschäft hatte er sich in wenigen Sekunden in sie verliebt, noch mehr, als er begriff, dass er sie nicht nur anstaunen und anschmachten, sondern dass er sie sogar kaufen konnte, kaufen – für **ihn**! Am liebsten hätte er sie anbehalten, als er sie anprobiert hatte, ganz verzaubert lief er einige Male öfter im Laden hin und her, als es für die Anprobe eigentlich notwendig gewesen wäre. Eva hatte seine Reaktion bemerkt, hatte sich mit ihm gefreut und ihn geküsst, aber sie hatte vom Anbehalten abgeraten, da er noch nicht an die Höhe der Absätze gewöhnt sei. Immerhin: zehn Zentimeter! Das war kein Pappenstiel, schon gar nicht für jemanden, der bisher nur in Turnschuhen und Trekkingstiefeln durch die Gegend gelaufen war.

Er wollte sie noch einmal anziehen, bevor er Eva mitteilte, dass es vorbei war, dass er nicht mehr mitmachte, egal welche Konsequenzen das haben würde. Schließlich war er nicht schwul und wollte, das meinte er zu spüren, nicht eine Frau werden. Überhaupt: das war eine Schnapsidee, die Eva ihm in den Mund gelegt hatte, die war tatsächlich ja gar nicht von ihm gekommen, und hätte sie ihm nicht die Pistole auf die Brust gesetzt, hätte er einen solchen Satz auch gar nicht gesagt. Spontan war ihm Evas Frage, ob er eine Frau werden wollte, absurd vorgekommen, und das wäre die richtige, die eigentlich ehrliche Antwort gewesen. Hatte sie ihn nicht regelrecht bedrängt? Hatte sie ihm die fatale Antwort nicht förmlich aufgedrängt? Und was hatte er schon gesagt: dass er sich nicht sicher sei. Und dann hatte sie ihn sein eigenes Sperma schlucken lassen!

Aber **einmal noch** wollte er diese Stiefel anziehen, diese wunderbar heißen Stiefel, und das Gefühl genießen, das sie ihm verschafften – dieses Gefühl, eine heiße Frau zu sein, Objekt des Begehrens, selbst begehrend; das Gefühl, eingeschlossen und umfangen zu sein, in gewisser Weise gefangen, nein, eher: gehalten, geborgen. Einmal noch, bevor er für immer darauf verzichten wollte.

Aber mit nackten Füßen und Beinen wollte er nicht in diese edlen Stiefel hineinschlüpfen. Das erschien ihm irgendwie unpassend. Er ging an die anderen Tüten und suchte ein Päckchen mit schwarzen Stayups heraus. Dabei fielen ihm die schwarzen Dessous in die Hand: ein spitzenbesetztes Höschen mit passendem BH; dazu hatte Eva sogar ein schwarzes Seiden-Unterkleid gekauft, das ebenfalls einen kleinen Spitzenrand im Dekolletee und am unteren Saum hatte.

Er nahm ein sauberes Handtuch aus der Schublade und rieb seinen ganzen Körper sorgfältig ab, bis er das Gefühl hatte, sauber zu sein. Dann begann er, sich anzuziehen: er streifte das Höschen über den „CB 6000" und positionierte diesen so, dass er sich genau ins Höschen einpasste. Dann legte er den BH um, rückte ihn sorgfältig zurecht und legte die Silikonbrüste in die Körbchen hinter den schwarzen Spitzen. Auch sie rückte er zurecht, bis er fand, dass sie an genau der richtigen Stelle saßen. Schließlich streifte er das Unterkleid über, spürte, wie es sich über die Brüste und an seine Taille anlegte und der kurze Rock über seinen Schritt fiel. Zum hundertsten Mal sah er in den Spiegel. Das sah wirklich toll aus! Mit den richtig proportionierten, wohlgeformten Silikonbrüsten im BH war es ... nahezu perfekt!

Dann packte er die Stayups aus, nahm sie in die Hand und wickelte sie behutsam auf, so wie er es von Eva gelernt hatte. Er setzte sich auf die Bettkante, winkelte sein rechtes Bein an und begann vorsichtig, sie über seine glattrasierte Haut zu ziehen. Jeder Zentimeter mehr Erregung! Die Strümpfe waren nicht zu durchsichtig und nicht zu dicht – einfach verführerisch! Noch dazu mit der glatten, nun schimmernden und changierenden Haut darunter. Der Spitzenrand, der die rutschfesten Streifen verdeckte, die die Strümpfe auf der glatten Haut am Oberschenkel halten sollten, war verhältnismäßig schmal, aber mit einem wunderschönen Rosenmuster geschmückt, das in den Stoff gewebt war. Auf seiner Haut sah das Muster wie ein kleines Kunstwerk aus. Und wie zart der Stoff war und wie er sich auf seiner glatten Haut anfühlte, wenn er mit der Hand darüber fuhr! Wiederum spürte er jenen kleinen Schauer, der ihn schon einigemale ergriffen hatte, seitdem er Frauenkleider trug.

Er sah erneut in den Spiegel. Die Strümpfe sahen umwerfend aus, und sie machten aus seinen sportlichen Männerbeinen die verführerischen Beine einer schlanken Frau. Sie wirkten sogar irgendwie grazil, selbst wenn die Beule, die sein „CB 6000" im Höschen verursachte, das Bild ein wenig störte. Natürlich war das kein Vergleich zu dem Bild, das Eva abgab, wenn sie solche Strümpfe trug! Aber er musste sich eingestehen, dass dieses Bild, das er hier im Spiegel vor sich sah, jenem alles übertreffenden Urbild weiblicher Verführung gefährlich nahe kam. Er drehte sich in die eine, dann in die andere Richtung. Schließlich wollte er das Bild vollenden.

Als er die Stiefel in die Hand nahm, beschloss er, dass dieses letzte Mal alles einschließen sollte, was dazugehörte: nicht bloß das Unterkleid, sondern das ‚Kleine Schwarze' wollte er dazu tragen. Einmal im Spiegel sehen, wie es hätte aussehen können, wenn er das Experiment weiter mitgemacht hätte. Nur ein einziges Mal, dieses aber richtig. War das nicht das Wort, auf das Eva so viel Wert legte?

Also stellte er den Stiefel wieder auf den Boden neben dem Bett, suchte nach dem Kleid, stieg hinein, zog es hoch, legte die Träger über seine Schultern und schloss mit einer kleinen Verrenkung den langen Reißverschluss in seinem Rücken. Während er ihn hochzog, legte sich das Kleid eng um seine Taille, umfing ihn ähnlich, wie es die Stiefel im Schuhgeschäft mit seinen Waden getan hatten. Er verlangsamte die Bewegung, genoss es, wie sich der Stoff langsam um seinen Oberkörper schloss. Als der Reißverschluss gänzlich geschlossen war, verharrte er für einen Augenblick in dieser Position mit den nach oben gereckten, angewinkelten Armen. Nun sah man seine makellosen, ausrasierten Achselhöhlen. Auch dies: umwerfend weiblich! Irritierend! Es sah so verführerisch aus, zumal er instinktiv die Beine dicht beieinander hielt. Die Silhouette überraschte und begeisterte ihn. Und es war nicht die Silhouette einer Frau in einem Modemagazin, fern und unerreichbar: es war seine eigene Silhouette!

Dann endlich wandte er sich den Stiefeln zu. Er befreite sie von Füllmaterial, Pappschildern und Aufklebern auf der Sohle („lass sie dran!", schrie es in ihm, „wenn du sie doch zurückgeben willst!" Aber es sollte alles richtig sein). Er stellte den einen von ihnen auf den Boden, sorgte dafür, dass er selbst sicher stand und ein Bein würde heben können, und schlüpfte ganz langsam mit dem Fuß hinein. Noch bevor er begonnen hatte, den Reißverschluss zu schließen, spürte er, wie vollkommen sich das Leder an seinen Fuß anschmiegte, ihn ganz dicht umfing wie eine zweite Haut. Es engte ihn nirgendwo ein, aber es schloss sich um den Fuß und gab ihm dadurch Halt. Er passte so genau, dachte er, wie ihm noch niemals ein Schuh gepasst hatte!

Dann schloss er den Reißverschluss. Ganz langsam legte sich das gefütterte Leder um seine Waden. Er spürte, wie das Nylon der Strümpfe ihn erregte und wie sich die Wirkung noch verstärkte, wenn das Leder des Stiefelschafts das Nylon sanft an seine glatte Haut drückte. Und auch der Stiefelschaft saß so perfekt – nicht zu weit und nicht zu eng –, dass die Wirkung der Erregung wie auf Dauer gestellt wurde. Es war, als würde das Leder die Haut unter dem Nylon streicheln und das bei jeder Bewegung, die er machte!

Und wieder stellte sich dieses Gefühl ein, das er an diesem verwirrenden Tag schon ein oder zweimal verspürt hatte: mit jedem Zahn des Reißverschlusses, der in den anderen einhakte, mit jedem Zentimeter, den sich der Stiefelschaft um seine Wade schloss, fühlte Alex sich besser. Ihm wurde von innen heraus warm, er fühlte sich wohl. Welch eigenartiges, welch wunderbares Erlebnis! Das war fast so, als würde er ... nach Hause kommen. Ankommen. Seine Bestimmung finden. Die Fragen und Zweifel beenden und ganz sein.

Doch noch war es nur der erste Stiefel. Versunken in den Anblick und das berauschende Gefühl, griff er nach dem zweiten.

Er hatte nicht mit einer weiteren Steigerung des Erlebnisses gerechnet, das schien ihm eigentlich nicht möglich zu sein. Und doch geschah es so. Es wurde alles immer vollständiger. Der zweite Stiefel machte das Erlebnis erst wirklich ganz!

Als er sich aufrichtete, wusste er schon, dass er noch nie in seinem Leben so sehr bei sich und er selbst gewesen war, wie gerade in diesem Augenblick! Dass er noch niemals so wunschlos gewesen war, so restlos davon überzeugt, dass ihm nun nichts mehr fehlte. Dass alles ein Rückschritt sein würde, was jetzt käme. Dass er so bleiben wollte, weil es keine weitere Steigerung mehr gab, es nur noch Relativierungen geben würde.

Und als er ein Geräusch aus dem Badezimmer hörte, wurde ihm bewusst, dass Eva da war und dass es keine Heimlichkeit mehr gab. Dass sie all das wissen durfte, wissen wollte, dass sie sich darüber freuen würde! Dass er diese Situation gar nicht mehr verändern musste, nicht mehr zurück musste in ein Leben, das um soviel reizloser, entfremdeter und belangloser gewesen war als das, was er gerade jetzt erlebte! Er musste nicht zurück – er konnte ganz einfach so bleiben!

Er wollte es ihr sagen!

Er drehte sich zur Badezimmertür – und da stand sie! Sie trug das weiße Badetuch über ihren Brüsten, es fiel nur bis knapp über ihren Schritt. Die schlanken, langen Beine hatte sie dicht voreinander gestellt, so dass sie miteinander verschmolzen. Ein Bild vollendeter Schönheit, wie Alex augenblicklich dachte. Schließlich hatte er sich gerade für weibliche Schönheit sensibilisiert.

Eva lächelte. Offensichtlich hatte sie ihn schon eine ganze Weile lang beobachtet. Als er bei ihrem Anblick abrupt stehenblieb, löste sie sich vom Türrahmen und kam langsam auf ihn zu. Sorgfältig setzte sie Fuß vor Fuß, wiegte ihre Hüften und sah ihm dabei tief in die Augen. Als sie dicht vor ihm stand, nahm sie ohne ein Wort zu sagen seine Hand in die ihre, drehte sich um und ging mit ihm ins Bad. Weiter wortlos setzte sie ihn auf einen Hocker vor den Spiegel und legte ihre Schminkutensilien bereit.

Und dann begann sie, ihn zu schminken. Alex konnte im Spiegel beobachten, wie sich langsam sein Gesicht verwandelte. Seine Augen wurden größer und strahlender, die Lider bekamen Plastizität, die Augenbrauen, aus denen Eva eine ganze Reihe von Haaren auszupfte, wurden prägnanter. Seine Haut wurde glatter und reiner, der kaum sichtbare Bartschatten verschwand, wo er noch ahnbar gewesen war, stattdessen wurden plötzlich hohe Wangenknochen sichtbar. Er fand, dass sein Gesicht schmaler wirkte, als er es kannte. Der Mund, auf den Eva viel Zeit verwendet und gleich mehrere Schichten Lippenstift aufgetragen hatte, wirkte voll und weiblich. Alex verspürte den fast unwiderstehlichen Drang, einen Kussmund auf den Spiegel zu drücken.

Schließlich legte Eva ihm zierliche Ohrclips an und eine dazu passende, kaum sichtbare Kette um den Hals. Daran befand sich ein kleiner, silberner Anhänger mit seinem Tierkreiszeichen.

Als letztes zog sie noch einmal die Konturen des Lippenstifts nach. Dann bat sie ihn, aufzustehen. An der Hand führte sie ihn ins Erdgeschoss. Sie trug ihm auf, zwei Gläser Sekt aus dem Kühlschrank zu holen und ging ins Wohnzimmer voraus.

Alex betrat wie in Trance die Küche, entkorkte die Sektflasche, goss zwei Gläser ein, nahm die Gläser und folgte Eva ins Wohnzimmer.

Eva saß in merkwürdig aufrechter Haltung auf dem Sofa. Als er das Zimmer betrat, stand sie auf, nahm ihr Sektglas entgegen, blieb dicht vor Alex stehen und sah ihm wiederum tief in die Augen. Dann hob sie langsam das Sektglas, bis sie es fast in Kopfhöhe hielt, und flüsterte dann: „Marie!" Sie machte eine kleine Pause, während die Intensität ihres Blicks womöglich noch größer wurde und fuhr dann fort: „Willst du meine Frau werden?"

Alex war perplex. Was hatte sie gesagt – vielmehr gefragt? War das möglich? Was genau meinte sie damit? Eine Frau, meine Frau? Was beinhaltete die Frage, welche Konsequenzen würde sie haben? Wie ernst meinte sie das?

Aber die Frage duldete keinen Aufschub. Er musste etwas sagen oder zumindest irgendwie reagieren. Und über eins war er sich ja klargeworden: das, was er gerade erlebt hatte, wollte er immer wieder erleben, so würde er leben wollen, wenn er sich denn zwischen dem einen und dem anderen entscheiden musste! Und Eva schien dies ebenfalls zu wollen.

Also nickte er. Einmal, zweimal, dreimal. Dann flüsterte er: „Ja." Kleine Pause. „Ich will."

Eva lächelte. Ihre Lippen näherten sich den seinen. Der Lippenstift machte das Küssen zu einem neuen Erlebnis. Eva bewegte ihre Lippen auf den seinen, kostete das Gefühl offenbar ebenfalls aus. Ihre Zunge spielte mit seinen Lippen, dann drang sie kurz in seinen Mund ein. Als sie sich wieder von ihm löste, ließ sie ihr Glas an dem seinen erklingen und trank dann einen kleinen Schluck.

Als sie schließlich einen Schritt zurücktrat, löste sich das Handtuch, das sie noch immer um ihre Brüste geschlungen trug, und fiel zu Boden.

Alex erstarrte.

Um ihre schlanke, zerbrechlich wirkende Taille trug sie ein mit Nieten besetztes, ledernes Taillenkorsett, von dem zwei Riemen in ihren Schritt führten. Sie endeten in einem glänzenden Metallring, durch den von hinten ein schwarzer, in allen Einzelheiten ausgearbeiteter, bis auf die schwarze Farbe realistisch wirkender Dildo hindurchgesteckt war, der nun, vom Gewicht des Handtuchs befreit, aufreizend nach vorne sprang.

Für einen Moment genoss Eva sichtlich die Wirkung, die der Anblick auf „Marie" hatte. Dann hob sie das Sektglas, trank es in einem Schluck leer und sagte: „Dann, meine liebe, kleine Marie, tu, was ein gutes Mädchen mit ihrem Verlobten tut, wenn er müde und abgespannt von einem anstrengenden Tag nach Hause kommt! Und mach es gut! Ich kann es wahrhaftig gebrauchen!"

Inhalt

Erwischt	5
Erste Schritte	19
Hardcore-Shopping	35
Im Kleinen Schwarzen	50

Von Catherine May sind in diesem Verlag bisher erschienen:

„Neun Tage Frau – Teil 1"
197 Seiten
ISBN: 978-3-7392-2829-9
erhältlich als Taschenbuch und als E-Book

„Neun Tage Frau – Teil 2"
190 Seiten
ISBN: 978-3-7392-2999-7
erhältlich als Taschenbuch und als E-Book

„Im Kleinen Schwarzen. Erotische Erzählung"
64 Seiten
ISBN: 978-3-7412-7242-4
erhältlich als Taschenbuch und als E-Book

Die Reihe „Crossdresser-Erzählungen" wird fortgesetzt.

Im Herbst 2016 wird erscheinen:

„Im Kleinen Schwarzen – 2. Erotische Erzählung"
ca. 60 Seiten

*Verlag und Autorin freuen sich über Rückmeldungen
auf www.bod.de/shop und anderen Buchhandelsseiten
im Internet.*

Beteiligen Sie sich am Fortgang der Erzählungen!

*Wünsche und Anregungen wird Catherine May gern in
zukünftigen Erzählungen berücksichtigen.*